HENRI DEGRON

CORBEILLE ANCIENNE

POÈMES

RACONTARS PRÉALABLES

PAR

ADOLPHE RETTÉ

PARIS

LÉON VANIER, LIBRAIRE-ÉDITEUR

19, QUAI SAINT-MICHEL, 19

1895

CORBEILLE ANCIENNE

DU MÊME AUTEUR

Les champs en fleurs. (Plaquette hors commerce.)
Epuisé.

Pour paraître :

Pèlerinages vers l'automne. Proses.
L'écran aux paysages. Proses.
La légende d'Orientine. Rêverie féerique.

A l'étude :

Rêves de Mandoline. Symphonies.

HENRI DEGRON

CORBEILLE ANCIENNE

POÈMES

RACONTARS PRÉALABLES

PAR

ADOLPHE RETTÉ

PARIS

LÉON VANIER, LIBRAIRE-ÉDITEUR

19, QUAI SAINT-MICHEL, 19

1895

A MA ROBERTE

Simplement,

Henri DEGRON

1.

RACONTARS PRÉALABLES

RACONTARS PRÉALABLES

Imaginez un soir, mi parti, où le crépuscule aurait l'air d'une image japonaise et le paysage d'un tableau de Corot; imaginez encore un prince exotique, attentif aux murmures de la nature chanteuse et fleurie où il se réfugia, gardant toutefois la nostalgie des gentils artifices de l'empire du soleil levant — un taïkoun qui pour se consoler de son exil, se ferait troubadour.

En ce Degron, sentimental et sceptique à la fois, avec ses yeux profonds où survit la fierté de radieux rois abolis, ses paroles méprisantes à l'égard du « Muffle », son penchant vers les bons poètes fraternels et enfin et surtout sa haine contre l'imbécile vie quotidienne, apparaît vraiment le paradoxal symbole du pays baroque et charmant d'où il vit. — Paradoxal? Oui. — N'est-ce pas là son privilège de poète? Le poète n'est-il pas excellent en ceci, qu'il diffère de la majorité compacte des sots qui vivent selon les vérités acceptées par tous?

Mais Degron étant un bon poète a bien d'autres âmes de rechange. Je le vois encore en son village de Crespières, en son bois des Flambertains, vivant une exquise vie animale, dormant des journées entières dans l'herbe de son verger où les cerises luisent comme des gouttes de corail, buvant le parfum de la campagne et prenant part à d'héroïques batailles rangées contre les paysans voisins.

Puis aussi, le voici qui prêtait tout à coup l'oreille à la Muse, il s'enfuyait sous bois et là, tandis que frémissaient les sapins et les chênes, il inventait des madrigaux à la lune, aux lilas défunts, des chansons pour la très douce, imaginant des rythmes où s'allient délicieusement l'âme de la nature et la puissance d'un esprit qui connaît ses classiques — bien!...

Le taïkoun exilé des mélancoliques palais d'Orient, le nostalgique taïkoun, vous le trouverez moins dans ce petit livre, que le troubadour harmonieux qu'il voulut être. — Ce sont ici des chansons pareilles à des fleurs rares groupées de sorte exquise, — c'est une corbeille de printemps disposée selon l'art d'un jardinier qui serait un prince — et qui porte en lui l'avenir!...

Adolphe RETTÉ.

MÉDAILLONS POUR ROBERTE

MÉDAILLONS POUR ROBERTE

Va, ma plainte, est en somme une chanson
Très douce et très lente : un rire d'automne,
Ah ! sais-tu pas le Frisson
Qu'en Rêve, le Poète abandonne ?

Sous le ciel, il est pareil au baiser
D'une aile sur les eaux et sur les feuilles.
Avec ce tremblement apaisé
Des rosées — que l'on cueille...

Que ma plainte s'en aille vers toi,
En la voile folle de ma pensée
Sur la lisière où tu m'as nommé Roi,
Sur la colline où tu rêves délassée...

Je n'ai point d'azur pour voiler mieux tes yeux,
Ni de couronne... ma Reine ignorée...
Mais j'ai des rimes venant des cieux,
Des rimes d'aurore et de vesprée.

Tranquille, j'ai buriné ces vers,
Pour ajouter à ta corbeille...
Et que m'importent et les succès et les revers,
Si ma chanson vaut celle de l'abeille...

*
* *

Ce matin, je suis venu, ma toute petite,
Par le vallon bercé de molles brises,
A toi — comme un enfant vers la Prière.
Te réservant la plus exquise des surprises ;
Et j'avais des clématites,
Pour fleurir ton réveil devant la lumière !...

Or, tu dormais à peine aux bords d'une pensée,
Faite d'un peu de printemps et riche de rêves :
Tu reposais tes yeux baissés vers la rosée,
Laissant flotter ton âme au loin de quelles grèves ?..

Et, tant d'oiseaux, sais-tu, chantaient pour ton silence,
Imprégnés de soleil et couronnés de joie,
Que j'ai laissé glisser ta main, sans violence,
Sur des bouquets d'iris aux volutes de soie...

J'ai mis sur ton front mes fleurs comme des étoiles,
Pour bercer ton repos de gentille ingénue :
C'était sur toi, comme un printemps fleuri de voiles :
Demande aux ruisseaux en larmes de l'avenue !...

*
* *

J'arrive du Pays des rosées
Et des lumières pâles — mon Amie,
Et les oiseaux d'avril, sur les branches, posés,
M'ont dit que tu rêvais endormie
Chez toi, comme une épousée...

Et me suis assis sur la borne des plaines,
Où naguère, comme une étoile,
Tu venais cueillir, dégrafant ton voile
Et la pervenche et les marjolaines...

1.

N'est-ce toi, qui dors si près du Rêve,
En la gloire des murmures et des délires ;
Ton Poète a fini sa villanelle brève,
Et le soleil, las d'illuminer sa lyre,
Voudrait comme lui, se mirer à ton sourire !...

De Roberte, ma mie, ma sœur,
De Roberte, au fol minois, la si gente,
Je chante grâce et douceur,
Et ne sais en vallons imprégnés d'aurore,
Bergère aucune, plus charmante
Et plus mutine encore !..

Au Jardin d'amour, roses se cueillent
Par sa main que je crois experte,
Alors que ramageries folles des feuilles,
Chantent, chantent pour Roberte !...

Et moi, pastour du rêve, pour elle toute,
Je donnerais mes ris,
Et ma besace pleine d'espoirs, de chants appris,
Et ma houlette, compagne de route...

Or, Prince errant, époux de Roberte,
Je vais dans les sentiers rimailler à ma Reine,
Mes vers assez diront que sa beauté m'entraîne,
    Vers les folies permises.
Puisque doulce Roberte est folle experte,
De par ses yeux et richesses découvertes,
    Aux combats précieux des mignardises !

* *
*

J'ai suivi l'eau frileuse à travers des prairies :
L'eau s'en allait vers un lac imprégné de soir,
Roulant avec ses reflets d'or, des rêveries
Qui chantaient ma tristesse et pleuraient ton espoir...

Ainsi, pensif, j'allais au fond du crépuscule,
Tout ouvert aux jeunes sentiers bleus du printemps,
Ravi, simplement, de sentir la libellule
M'offrir le baiser des eaux et des soirs latents !

Longtemps, la nuit m'a noyé de ses rayons calmes,
Et l'eau, plus chantante encore, avait des pâleurs,
Comme Une qui dormirait sur de lentes palmes,
Au clair du ciel et sous l'obscurité des fleurs...

Alors, vers quel deuil allait-elle en la nuitée.
Dans la solitude et les bois sans rossignols ?...
Vers, quelle allégresse aux bords de l'aube enchantée,
Parmi les soleils et les radieux envols ?

Et ses ondes me semblaient être les années,
Qui coulent ainsi vers un autre lac : le Cœur,
Roulant la joie ou la peine et des fleurs fanées
En dépit des saisons et du ciel cajoleur...

POUR LA DAME DE MON SILENCE

POUR LA DAME DE MON SILENCE

Souvenir d'Automne.

Vous m'êtes apparue un soir, le long des bois,
Alors qu'une vapeur bleue estompait la plaine :
Les champs muets, dorés d'un soleil d'autrefois
Confiaient à votre âme un peu de leur haleine...

Et c'était sur la nuit la manne de douceur
Chère aux âmes du parc, mollement endormies ;
Vous étiez belle et douce en un maintien berceur
Et votre chant d'amour enchantait les ramies...

Craintif, je vins à vous et vers votre beauté,
Puisqu'en vos yeux lascifs dormait la flamme aimante ;
Je vins, timide pèlerin des soirs d'été,
Vous demander pardon en vous nommant : « Amante ! »

Et comme en un printemps, je vis dans vos yeux bleus,
Le sillage si doux de toutes vos pensées...
Et par vous je connus dans la feinte des jeux,
La subtile moiteur des mains longtemps pressées...

J'aurais pu vous voler, rien qu'un tremblant baiser.
Mais pourquoi détacher la rose à peine éclose,
Si son parfum qui s'exhale est divinisé :
Les lèvres ont le temps d'être une fois en cause !...

Avec mon cœur, je vous offris une anémone,
Vous en souvenez-vous ? — C'était presque en automne !...

RAMAGERIES AMOUREUSES

A Alphonse Boogaerts.

RÊVE

A Léon Deschamps.

Je voudrais être un pâtre blond,
Montant à pas lents la colline :
Pastour, sur un chemin bien long
Jouant un air de mandoline...

J'irais par la sente des bois,
Rêver aux larmes des étoiles,
Et les anges que seul je vois
Cacheraient mes pas sous leurs voiles.

Des rossignols, aux chants en pleurs
Par delà le dais vert des branches
A l'entour, charmeraient vos fleurs
O marguerites et pervenches !

Des cors berceraient l'horizon
De leurs sanglots lointains d'amante,
Et j'irais, fuyant ma maison,
Chanter ma rondelle charmante...

Seuls, mes doux agneaux, dans la nuit,
Emus par la chanson du pâtre,
S'endormiraient au Val, sans bruit,
Dans les touffes de thym bleuâtre...

Et je serais le pâtre blond,
Montant à pas lents la colline,
Pastour, sur le chemin bien long,
Jouant un air de mandoline...

LES PETITS BENGALIS

A F.-A. Cazals.

Au ciel du Bengale et de Bangalore,
Il est, ma charmante, des bengalis :
Nuancés d'azur et frisés d'aurore
Qui chantent et qui volent si jolis !

Avril, sais-tu, les prend pour des caprices
Ayant une âme où dorment les baisers ;
Et quand ils rêvent, c'est en des calices
Que le soleil, sur des fleurs a posés...

Un arc-en-ciel lointain les a vus naître,
Tous ces oiseaux bijoux du matin d'or...
— Sous les parfums de néroli, peut-être,
En des berceaux bleus d'intime décor...

PAGINATION INCORRECTE
DATE INCORRECTE

NF Z 43-120

Moins loin, sous un autre ciel, mais en cage,
Je sais aussi deux petits bengalis,
S'aimant en n'importe quel paysage.
Qui chantent et qui rêvent si jolis!...

ROI D'UN PAYS TRÈS BLEU...

A Stuart Merrill.

Roi d'un pays très bleu de fantaisies,
Il m'a fallu courir de par le monde
Pour m'emparer de ces terres choisies
Où, paraît-il, le Rêve vagabonde...

J'ai pris la nacelle fraîche des brises
Et vu toutes les forêts endormies ;
Mais les tourterelles, par moi surprises,
Ne m'ont point conté de choses amies...

Et puis j'ai cueilli des gerbes de roses
Qu'au vent du soir lentement j'ai fanées :
Mais ces fleurs d'amour n'étaient guère écloses,
En les effeuillant j'ai compté mes années...

2.

Et seul, perdu dans la grandeur des plaines,
C'est enfin grâce au regard des étoiles
Et la voix enjôleuse des fontaines
Que j'ai pu gouverner toutes mes voiles !...

Las ! m'y voici dans mon brumeux royaume !
O ces chansons d'exil et ces pensées
Qui s'élèvent du seuil de chaque chaume
Et que le vent d'hiver n'a point chassées !...

Roi d'un pays très bleu de fantaisies,
J'ai pour vassaux, dit-on, des gens tranquilles
Qui, jour et nuit, brodent des poésies
Tout comme les gais baladins des villes !...

L'ILE D'AMOUR

A Alphonse Germain.

Je sais, là-bas, une île au fond des bois sauvages,
Où sous les berceaux d'or inconnus des oiseaux,
Les amoureux épris parlent de doux langages,
Que le vent des soirs mêle aux soupirs des roseaux...

Les fleurs n'y fleurent pas, tant est fraîche son ombre :
La mousse y croît timide à l'abri du soleil,
Et dans les coins perdus de cette fraîcheur sombre,
Jadis un nid chantait des couplets de réveil !

C'étaient aussi, la nuit, des voix mystérieuses,
Montant au firmament lamé d'argent et d'or ;
Mais ces chants ont cessé pour les âmes peureuses,
Qui s'en venaient pleurer le soir au son d'un cor...

Les lointains se tairont d'un immense silence,
Quand, à genoux sur l'herbe et ma lèvre à tes yeux,
Je dirai, tout tremblant, ma dolente romance :
Villanelle d'amant à faire envie aux cieux...

Et, fatigués d'amour, nous irons sous un saule,
Rêver longtemps tout bas, en écoutant nos cœurs,
Ou, sans émoi, dormir mon front sur ton épaule,
Dans le canot bercé par les grands joncs en fleurs.....

LES BERCEAUX VERTS

A Joseph Canqueteau.

Aux bois caressés tant, par la brise des soirs.
Brise folle d'avril au parfum de la fraise,
Allons, mie, au sentier où sont les reposoirs,
Voir les papillons blancs convoler à leur aise...

Que, discrètes, les fleurs en ces lointains berceaux
Aux courtines d'azur qui ne sont que des feuilles;
Et sous les gazons frais le rire des ruisseaux,
Ressemble à tes aveux, ah ! quand tu te recueilles !

Il y fait toujours nuit et les ailes d'oiseaux,
N'osent y trembloter tant la Chanson des chênes
Est rêveuse et berceuse et les pleurs des roseaux
N'ont pas d'accents pareils à l'horizon des plaines...

En ces longs palais d'ombre où rôdent les baisers,
Tous les liserons fous prodiguent leurs couronnes :
Allons y sommeiller sous les yeux apaisés
Aussi beaux que tes yeux, ah! .. lorsque tu frissonnes !

Et, nous verrons alors pour la dernière fois.
La nature accueillir par un sourire immense,
Celles qui vont mourir aux berceaux verts des bois,
A genoux sur les fleurs en un lit de silence!...

LES GLYCINES

A Georges d'Espagnat.

O belle qui passez sur la sente effacée
Parmi la moiteur des frileuses marjolaines,
O ma belle, vous semble-t-il que la pensée
Du printemps fleuri s'est posée en votre haleine?...

Mais vous passez sur les verdures imprécises
Blondes encor — avec vos ailes de phalène —
Vous passez, disant au ciel des choses exquises
Que tous les oiseaux bleus se content dans la plaine ...

La beauté plaça ces fleurs sur votre personne,
Puisqu'en vos yeux il a mis de beaux bleuets bleus,
Et puisque pour vous jusqu'en la saison d'automne
Se donne la glycine aux balcons fabuleux...

Passez : dans les bois votre rire s'éparpille !
Et la nature en joie ayant baisé vos mains
En a gardé les ors pour fleurir ses chemins
Et se parer gaîment comme une jeune fille...

SUR LE CHEMIN D'AUTOMNE

À Albert Saint-Paul

J'ai surpris ta beauté — comme on surprend la rose
Au détour du jardin paré d'ombre et de soir —
De vers la douce allée, à peine
Où tes pas, mes pas, scandaient les bruits de la plaine...

C'était loin — dans la forêt — au sentier d'espoir
Qui vit jadis le printemps sous sa mante éclose!...
Tu semblais si triste... au soleil,
Que l'oiseau frileux n'osait son chant de réveil.

Craignais-tu, pour ton cœur, que la feuille d'automne
N'allât voiler tes yeux en tombant sur le sol?
Pourquoi ces larmes en rosée,
Pourquoi comme une plainte, en ton âme, exposée?...

Un souvenir ancien, presque semblable au vol
D'une aile, paraissait alanguir ta personne :
      Ton regard ne vit-il le mien?...
Ma pensée était là... tu ne devinas rien...

Malgré la mousse d'or, sur la déserte allée,
Tu as passé, seule, une fleur à chaque main!
      Devant toi, l'automne en déroute,
S'obstinait bien pourtant à te barrer la route!...

Et moi, le vagabond, j'ai suivi ton chemin,
Parmi la forêt qui m'apparut désolée,
      Heureux d'avoir vu ta beauté,
Jeter un peu de clair sur ma réalité!...

AUTOMNALE

A Louis Dumur.

Des glaïeuls et des anémones
Ont fleuri le berceau de son âme
Et tapissé la trace de ses pas :
Elle est si douce, elle est si femme,
Et ses baisers si délicats,
Qu'on les dirait mouillés d'automne. .

Un soir, on ne voyait personne,
Et c'était à la fin du sentier...
Un oiseau chanta, si monotone,
Que mon cœur en eut pitié. .

« Ecoute, me dit-elle, cette voix
« De mourante... au fond des bois!... »

3.

JONCHÉE PRINCIÈRE

JONCHÉE PRINCIÈRE

A Emmanuel Signoret.

Emule des rossignols de la nuit d'été,
Chanteur, qui va confier aux sentes du rêve,
Les accents mêmes de la beauté,
Sais-tu pas que le crépuscule s'achève?...

C'est le soir — et l'étendue a des frissons
Qui font gémir les fleurs des plaines :
Mais quelles sont ces mille et mille chansons
Si douces — qu'on dirait celles des fontaines?...

Ah! c'est que le Poète, en la Nuit s'avance
Avec des baisers à même la voix;
Et les feuilles lui dressent courtines,
Et les oiseaux dorment en silence,

Sur le miel violet des glycines,
Au fond des Bois!...

Tu vas, tel un flambeau fait de clarté d'aurore,
Parmi les taillis d'or où tes rythmes effleurent
L'auréole des nuits et des heures!...
Et les rossignols se réjouissant encore,
Volent sur le sein des fleurs
Avec leurs chants en pleurs...

Tu vas, Pauvre, aux forêts inconnues
Où ne bruit jamais le murmure!
Tu vas avec un peu de sourire,
Cueillir la gloire au son des lyres
Cependant que les nymphes demi-nues,
T'offrent l'amphore de verdure!...

A toi les lauriers et la royauté des chênes,
A toi le berceau frais où s'exile la mousse,
Alors Poète, prends des marjolaines,
Ecoute le sanglot que font les frênes...
— Il n'est, pour ton cœur, de plainte si douce!..

Chante encor et que ta harpe soit claire,
Car je sais des bocages fleuris de pervenches

Que nul oiseau ne célébra ;
Car je sais des forêts où nulle voix pleura ;
Sois leur chanteur emmi la rosée blanche
Des matinales lumières !...

Vois-tu comme la nuit fraternelle s'éclaire,
Dépouillant sa dentelle noire de vierge,
— O que d'étoiles, pour que se mire — solitaire,
Ton âme...
      La clarté blanche des cierges,
Est-elle si belle et si séculaire ?...

Tu choisiras ton repos au fond des allées,
Où le silence est roi d'un seul domaine !
Et les oiseaux aux ailes éployées
Sauront qu'avec toi c'est la voix humaine
Qui chante éperdue et qui pleure désolée
Sur une lyre d'or émergeant des vallées !...

MUSETTES SENTIMENTALES

A Adolphe Retté.

PROPOS D'AVRIL

A Gabriel Randon.

Avril! berceau des calices
    De narcisses,
Est venu pour nous, du ciel,
Offrir sa gerbe de fleurs
    En couleurs
Et son panier blond de miel.

Les nids tremblent aux tonnelles
    Des venelles,
Et les flûtiaux des oiseaux
Et la plainte des rainettes
    Inquiètes
Nous bercent au bord des eaux...

Avril! chante dans les sentes
Aux passantes,
Et le frou-frou des baisers,
Et l'union des haleines
Dans les plaines
Aux sillons inapaisés!...

BERCEUSE

A Henri Mazel.

Sa belle amie est endormie et rêve...
Au loin, doucement triste est la grève...
Et la mer est amoureuse...
Une étoile clignote et pleure au ciel,
Versant des rayons d'or de miel,
Et la mer est langoureuse...

Sa belle Amie s'éveille et sa voix s'élève,
Parmi le silence de la nuit brève,
Mais la mer est paresseuse...
Une rosée pâle s'attarde et s'encouronne
Au front de la belle amie : — « Yvonne! »
Clame la mer si rieuse !...

Et son petit Prince est là, sans haleine,
Une brise l'a mené de par la plaine,
Sur la mer capricieuse!...
Des cerises, il a plein sa corbeille
Et la belle amie a pris la plus vermeille,
Et la mer est très heureuse..

GALANTISE

A Pierre Louÿs.

Douces tes paroles, ma chère. De la musique !
Autant le friselis des vergers
De Pomone ; un canzone d'automne !...
Mais, qui es-tu, si mélancolique,
Si belle avec tes bijoux bocagers
De feuilles et de fleurs en couronnes?...

N'es-tu la fiancée pâle de Bohême
Amoureuse de la giroflée?...
La belle fille d'exil, que j'aime
Et qui, le soir, dans les allées
S'en vient cueillir la cerise, à même...

O ne m'importe ton nom, mon exquise,
Que tu sois Florise ou la belle Estelle,

Hermine la douce ou la folle Ghislaine !
Mais, veux-tu de mes bagatelles, .
De mes jonquilles et de mes anthémises,
Et de mon manteau de laine ?

Ecoute le cor sur les collines...
La branche des mimosas s'incline,
Je t'aime !... O le soleil qui décline...
Je t'aime ! Et c'est l'angelus sur les moissons
Et c'est encore mes chansons !...

MUSIQUE LENTE

A Andhré et Jacques des Gachons.

Entends-tu pas dans le val qui frissonne,
Sur le sentier longeant les étangs bleus,
Une plainte, comme un doux chant d'automne,
S'exhaler et mourir auprès des cieux ?

La nuit est pensive et l'étoile est pâle,
Les linots ne rêvent plus deux à deux,
Et dans les taillis mugit la rafale :
La rafale de nos cœurs malheureux.

Elle monte et s'étend lente et bien lente,
Effleurant les joncs verts des étangs bleus,
Et, ma Dame, comme la Nuit tremblante,
A ce sanglot des bois, ferme les yeux....

Entends-tu pas dans le val qui frissonne,
Sur le sentier bordé d'un vert linceul,
Une plainte, comme un long glas qui sonne,
S'exhaler pour un cœur, un cœur trop seul?...

NOCTURNE

A Léon Maillard.

Les bois ont des frissons
Des langueurs de chansons
  Dans la nuit lente...
Au velours des cieux bleus
Sont fixés de grands yeux
  Des yeux d'amante...

Les champs sont apaisés
Par les discrets baisers
  D'une phalène,
Baisers plus parfumés
Que les aveux aimés
  De Son haleine...

Le vers luisant qui dort
Eteint sa lampe d'or
    Dans les ravines,
Et vers le sentier noir
Passe l'oiseau du soir
    Venant des ruines.

L'onde des ruisselets
Egrène des couplets
    Connus des anges...
Tandis qu'au bois lointain
S'apprête le matin
    Pour les mésanges...

Seule, mon âme a peur
Comme une frêle fleur
    Qui craint les belles,
Et dans l'immense nuit,
On n'entend aucun bruit.
    Pas même d'ailes !

BARCAROLLE ANCIENNE

A Pierre Lelong.

Pour voguer vers l'île où rêvent les iris bleus,
Prends au rivage vert la dolente nacelle,
Qui plane sur les eaux comme une aile des cieux ;
Prends la barque d'amour qui joliment chancelle !...

Ah ! va dans la nuitée appâlie et tranquille,
Va voir les grands roseaux frémir et s'étonner,
En le calme noir et si fantômal de l'île ;
Va sous les nids où la brise va frissonner...

Entends-tu pas, ô mienne, errer le chant des rames,
Battant lentement l'onde éprise de la nuit ;
Oh, les oiseaux n'ont pas de ces épithalames,
Qui bercent tant l'azur à l'heure de minuit !...

Ta barque file et glisse et le flot bleu s'incline !
C'est une ombre qui flotte en la mer des lointains,
Et qu'alanguit la voix d'une flûte câline :
Mélodieux accord précédant les matins !

Va rêver aux baisers veloutés des phalènes,
Dansant le menuet sur les pollens très doux,
Les feuilles en tombant te diront leurs haleines,
Et les joncs amoureux berceront tes genoux!...

Et seul à te guider, je serai sur la rive ;
Tous mes adieux d'amour te suivront en la nuit,
Et je verrai toujours ta nacelle pensive,
Partir aux pays d'or comme un baiser qui fuit !

MÉLODIE TRISTE

A André Gide.

Que la clairière est triste au cœur profond des bois !
Jadis, sur l'églantine chantaient des oiselles.
Et les nids s'agitaient aux accords de leurs voix,
Mais elles n'ont voulu flûter encor une fois
Et plus ne jase l'amour au cœur des damoiselles !...

Les feuilles tombent pensives au long du sentier,
Au sentier où passaient de blanches bergères,
Et sur l'étang pâli les roseaux font pitié.
Tant le papillon, naguère bellement altier,
Se blottit en frissonnant sous leurs palmes légères...

Souviens-toi des cytises d'or cueillis au matin,
Quand les rayons du soleil auréolaient les ruines :

L'horizon tremblant s'estompait de roses — au lointain,
Et ton regard d'étoile, si gentiment mutin,
Désirait encor les baisers pris aux ravines..

Souviens-toi des soirs émus par les aveux du cor,
Au parc — sur le banc perdu dans les allées,
Les rames nous berçaient en leur frôlant décor,
Et ton cœur palpitait comme le ver luisant d'or ;
En l'herbe pleuraient des chansons éplorées...

Hélas ! voici l'automne : adieu rêves d'antan !
Les oiseaux sont frileux et les nuits sont très pâles,
Les feuilles tombent pensives au sentier dormant ;
En nos âmes murmurent les souffles de l'autan,
Et sur les rameaux d'or ne chantent plus les cigales !...

RITOURNELLE DOUCE

A Dauphin Meunier.

En le boudoir jonché de roses,
Aux genoux d'une marquise,
J'ai dit des chants moroses
Et chanté des paroles indécises :
Mais ma lyre dût elle médire,
Je n'ai pas ri de mon doux rire...

Au quadrille des belles filles,
Sous les éventails couleur d'aurore,
J'ai vu des mains gentilles
Plisser la missive amoureuse;
Mais les plus belles — j'en tremble encore, —
Effeuillaient des scabieuses...

5.

J'ai vu les jardins en automne
Se couvrir d'anémones
Et les étamines des églantines
Rosir sous les brises fines ;
Mais, hélas ! sur pétales et corolles.
J'ai vu mourir l'âme des folles !...

Las ! pleurez plus, la belle,
Le jouvencel rebelle
Qui vous a conté fleurette !...
Ailleurs fleurissent les bleuettes,
Et, pour preuve, ô vous, si vous n'êtes sage,
Je cueillerai votre corsage...

Ah ! n'oublierai jamais celle
Qui, jadis se donna pucelle
En le jardin de mon âme !
O cœur joli, ô douce femme,
Rêve ailé de cavatine
Du nom charmeur de Valentine !...

CHANSON D'AUTOMNE

A Tristan Klingsor.

La douce amie a tissé tout ce soir,
Sa fine capeline de laine
En la salle où venait la voir
Jadis son amant le capitaine...

Mais il a fui de par le monde
Préférant encor mieux
Son épée aux baisers de sa blonde
De sa blonde aux yeux si bleus...

Tout autour d'elle pleure un souvenir
— O les caresses et les baisers!... —
Mais tout se meurt, l'été va finir
Et les oiseaux sont apaisés!...

Las !... Comme elle souffre en silence,
Et son rouet ne tourne pas...
Car elle écoute, avec dolence,
Si dans la nuit passent des pas...

Puis elle dort... Elle dort si jolie.
Les yeux très clos frôlant sa laine
Et le soir lent de mélancolie,
Entend à peine son haleine...

Elle rêve... et son rêve est d'automne,
Le vent gémit en la persienne
Sa fable triste et monotone :
— « C'était à l'époque ancienne !... »

Et lentement s'égrène et sonne
Minuit !... par la prairie...
Elle rêve... et son rêve est d'automne :
La nuit s'en vient aux métairies...

La douce amie a tissé tout ce soir
Sa fine capeline de laine...

VIEUX AIRS TRÈS VAGUES

A Charles Morice.

La biche est en pleurs où songent les libellules,
La rosée larmoie au pollen de l'ancolie :
Ah! tristes les fins de crépuscule
Et voici les mélancolies!...

Les feuilles tombent nimbées d'automne :
On dirait une manne d'âmes lointaines,
Venues par quelque nuitée monotone,
Pour consoler des châtelaines...

Peut-être, au loin, le rire des fontaines
Trouble-t-il les cygnes blancs en leurs rêves...
Sur l'étang s'assoupit une haleine
Douce à faire pâmer la fleur des grèves...

Or, une voix s'attriste sur les collines,
Et pleurent aux jardins les lobélies,
Et sont passées les mandolines,
Celles de nos mélancolies !...

Mon âme est un champ désert où l'automne,
A vu s'étioler ses ancolies ;
Pas même l'espoir n'y frissonne,
Et mortes les mélancolies !...

SOIR...

SOIR

A Henri de Régnier.

Oui, c'est bien là le calme et lointain reposoir,
Que mon cœur a choisi pour comprendre le Soir...
Le Soir! Ce baiser lent du ciel et du mystère,
Alors que le sommeil sur les fleurs de la terre,
Retient tous les parfums, garde tous les frissons
Et vers les coteaux bleus fait taire les chansons!...
Ne dirait-on, là-bas, comme un murmure d'ailes
Près du velours vert où veillent les asphodèles?
Des nids de mousse y sont cachés et leurs berceaux
Palpitent en cadence au rire des ruisseaux!...
Et puis, ce chant de la colline et de la plaine.
Ces longs échos frileux que la nuitée amène,
Et qui tant murmurés au seuil mourant du jour
S'en viennent jusqu'à nous pour éveiller l'Amour!...

— O que la nuit est belle et le parc est en rêve,
Les rossignols subtils entre eux ont fait la trêve,
Et les fleurs, les gazons, les lilas bocagers
Épandent en douceur tous leurs flocons légers,
Des rythmes inconnus flottent par la ramie,
Qu'on dirait envolés d'une lyre endormie...
C'est l'heure du silence et celle du berger,
Et la feuille elle-même n'ose plus bouger!...
Des taillis aux bosquets, la nuit claire s'étonne,
De voir ainsi doucement s'effeuiller l'automne!...
Mais l'heure tinte... et se perd dans le fond des bois,
Il passe sur l'étang des ombres d'autrefois!...

VERDURES

A mon maître aimé

PAUL VERLAINE

LES BOIS

A Yvanhoë Rambosson.

Si vert, en sa frondaison douce où sommeille
Un peu de l'oubli, le bois s'étend superbe et profond,
Plein des rires d'un ciel qui l'ensoleille,
Plein du murmure très lent que font
Des chuchotements de feuilles et des nids d'abeilles...

Aux sommets des Chênes, planent les ailes d'un Rêve :
Ailes si frêles ! Tels, d'un mystère, les frissons
Qui s'en iraient mourir au delà des grèves,
Aux lointains inconnus qui n'ont pas de chansons
Aux rives de l'irréel où les joies sont brèves !...

Les sentiers s'enfoncent inquiets dans l'ombre
Aux ravins coutumiers des roseaux,

6.

Mais c'est un tel parfum en ces fourrés sombres,

Que de peur d'éveiller l'âme des oiseaux,

Les filets d'eau chantent plus bas dans les pénombres.

Sous ces berceaux où tout tressaille

Les baisers de lune ne s'y rencontrent pas;

Seuls, les frôlements des papillons par la broussaille

Enchantent à peine les lilas

En quête aussi de blanches épousailles...

Parfois s'alanguit, la fuyante libellule,

Au tranquille miroir d'un étang somnolent,

Et les fleurs — ô verveines, aspérules.

Exhalent leurs aveux comme un souffle embaumant,

En attendant le Crépuscule !...

Forêts, qui bercez la solitude immense

Forêts, dont les voix sont d'autrefois...

Dormez, car sur vous va passer la luisance

Des étoiles amoureuses de vos bois,

Et, j'irai, seul, écouter votre silence !...

MATINALE

A Hugues Rebell.

Alors qu'avril flotte en l'indécis des matins,
Matins frileux encor sous une lune grise,
Et que les brouillards bleus ont fleuri les lointains
De la lueur du ciel, tremblante mais exquise,
La Belle aux rires d'or, doucelette et gentille,
A passé frôlant les baisers nouveaux des fleurs
Et les oiseaux ont tu leurs chansons et leurs pleurs...
Pour voler tire-lire et de rame en ramille
Et lui montrer gaîment le sentier frais des Bois
Où dorment les lutins — une rosée aux doigts !...

FLEURS

A Saint-Pol Roux.

Dans l'air, les reflets d'un lent automne
Ont versé sur les rameaux leurs dentelles d'or,
Et voici qu'en l'éparpillement du silence,
Se balance
Et s'épanouit le décor.
D'un parc lointain qui se pelotonne...

Des fleurs, encore des fleurs, dans l'allégresse.
Molle du crépuscule,
Versent à plein nectar la senteur et la caresse,
La gloire des bouquets où lentement circule
Comme un appel ancien de sève
Qui voudrait voir le jour avant d'aller en rêve...

O la beauté des champs fleuris d'automne
Et tous leurs sentiers silencieux...
Et dans la paix du soir, tous ces diadèmes
Parmi l'air monotone...
Tous ces bijoux blonds des cieux...
Et pour les veuves... ces chrysanthèmes !

PAYSAGE

(LES FILS DE LA VIERGE)

A Adrien Remacle.

Au beau matin d'aurore où les iris des nues,
En un poudroiement d'or fleurent sur du velours,
Les âmes d'amour vont par la sente, éperdues,
Sangloter doucement au castel plein d'atours.

Leurs voiles de lis pur ont la blancheur des neiges
Et leurs beaux corps flottants — tels des cygnes rêveurs —
Tremblent au lac de l'aube où l'essaim des cortèges
Sillonne le ciel bleu des chérubins sauveurs...

Des flûtes de pinsons aux voix énamourées
Palpitent bas aux bois parfumés de baisers !
Tandis qu'aux nids d'azur des plaintes soupirées
Se perdent en la brise aux échos apaisés...

La tonnelle murmure en chansons cristallines
Et la palombe rêve à l'anse d'un rameau,
L'étang s'étoile et meurt sous des rames divines :
Il passe en la forêt de longs soupirs d'ormeau...

Dans la ravine flotte une haleine d'aurore
Toutes vont au nuage irisé de soleil.
Et les duvets du ciel, qu'un frisson d'or colore,
Tombent en fils d'argent pour la Vierge en éveil !...

Le nuage se meurt en des lueurs câlines,
L'horizon se déroule en des courtines d'or,
Et bien loin des lointains aux teintes opalines,
En un songe, une fée amoureusement dort !

LES JARDINS CÉLESTES

A Roger de Sivry.

Mon rêve a vu des jardins nouveaux et très beaux,
En plein ciel d'azur, au berceau même des anges :
Bocages d'espoir, où mourait sur les rameaux,
Une gloire enfantine et pure de mésanges !...

Et leurs sentiers ornés d'acacias très doux,
Et poudrés de mols pollens, se perdaient très pâles,
En des fouillis d'or où se donnaient rendez-vous,
— Au clair des astres vieux les saints et les vestales !...

Or, j'allais — telle une âme qui ne songe plus —
Aux bords des lacs pâlis entourés de silence,
Et mille feux follets qui planaient éperdus
Me donnaient le frisson de la nuitée immense !...

Ah! ces berceaux si flottants bercés de senteurs,
Pleins du chant des ruisseaux, pleins des rires de lune,
Ils enivraient mon cœur souffrant de leurs moiteurs,
Et sans cesse, j'allais sous la lune importune...

Ah! j'y restai longtemps au céleste verger!
Et, ô de bonheur, mes larmes, sur les dentelles
Des fleurs d'amour, s'épandirent sans déranger
Les colibris en sommeil sur des asphodèles!...

Alors, un ange : ce fut une âme d'oiseau
Vint me donner son aile blanche et son sourire...
Et mon rêve encor, se faisant plus grand, plus beau,
M'offrit le ciel entier sous une immense lyre!...

CRÉPUSCULE

A Raymond de la Tailhède.

Au lointain, dans les prés la senteur des aspérules
Fait incliner les saules amoureux des roseaux,
Les frissons de la nuit, dorment au luth des oiseaux,
Cependant qu'aux calices rêvent les libellules...

O les coteaux gemmés par les ors du crépuscule,
A l'heure où les bois pensifs se brument, recueillis,
Le lent zéphyr se meurt en la feuille qui vagule
Confiant aux couchants, aux nids, le secret des lis...

Et la plaine dort au firmament noir du silence,
Et les ramiers font l'amour dans la forêt immense...

Et près des sous-bois quelque murmure tintinnule
Pour le brouillard doucement bleu du lent crépuscule. .

La cloche tinte là-bas... Dormez, dormez mon âme,
Il fait nuit sur les fleurs... les nymphes rêvent encor,
Et sur les cimes de l'éther, la lune se pâme
En son lit où fulgurent mille diamants d'or...

STANCES D'HIVER

A Achille Delaroche.

L'avril est défunt qui, tout larmoyant de calices,
Epanchait ses parfums doux de la branche à la plaine
Et ce, parmi les moiteurs chaudement en délices
D'un soleil en sourire, allumant les cieux, à peine...

Car j'ai su des coteaux où se pâmaient les cytises,
Car j'ai su des sentiers tout amollis d'asphodèles,
Où naguère s'acheminaient, bergères exquises,
Tenant en mains guirlandes et plumes d'hirondelles...

Mais, depuis qu'un jour une belle et pâle déesse,
Rejeta son hermine par-dessus les automnes,
Je cherche dans les bois, hélas, l'ancienne caresse
Des feuilles et des brises et du chant des pinsonnes...

Un deuil très lent parcourt le sommet tremblant des arbres
Et la brise se donne au profond clair des allées,
Pour mieux engourdir les gestes ingénus des marbres
Ne pouvant plus faire signe aux oiselles gelées...

Or, allez, rêveurs, aux alpes lointaines du rêve,
Allez, des frimas ramasser les dernières cueilles,
Et si vous ne trouvez pour chanter, la forte sève,
Du moins, l'hiver vous offrira bien ses mortes feuilles!..

Et, là-bas, près des lacs glacés flagellés des neiges,
Vous irez — goélands d'amour — ravir les rivages,
Où la mer, en la nuit radieuse des Norvèges,
A des rayons d'or pour les poètes et les sages!...

SUR NOS RIVES

A Jean Moréas.

Prince aventurier des chemins poussiéreux.
Qui vas dardant au vent et la strophe et la rime,
Fasse que de mes vers l'accord mélodieux,
Enchante tes pensers laurés comme les cimes!...

N'importe! Ta couronne est d'étrange blason,
Mais tes guirlandes d'or qui autour le colorent,
Sont d'un bouquet nouveau : arc-en-ciel d'horizon
D'azur, et, tout vermeil, qu'on dirait une aurore!...

N'importe! si toi, roi d'un rutilant pays,
Eriges tes vers purs — tels de Paros, le marbre —
En quatrains martelés de par Pindare appris,
Sous la frondaison chaude accompagnant les arbres!...

Je sais des conquérants aussi du froid brouillard,
Qui vers les flots si verts battant toute l'Irlande,
Ont sur mandore folle avoué chants mignards,
Et tressé pour Cypris de bien doulces guirlandes!

Or, je connais encor ravins au loin des bois,
Où la nuit, beaux pastours sur musettes des plaines,
Murmurent en rêvant chansons d'anciens hautbois
Qui font sangloter mieux cascades et fontaines!...

Et, ces coins mouillés d'ombre, embellis d'oiselets
Où très fols amoureux échangent leurs haleines
Aux yeux du ciel clément et dans les feux follets,
Valent les vallons d'or où chantent les Hellènes!...

FRISSONS

A Édouard Dubus.

Par delà les bois noirs où soupirent des ailes,
Des ailes de ramiers heureux sous les taillis,
Le parc ancien étend son immense fouillis
Que dorlotent, le soir, de vieilles ritournelles...

On dirait dans ces bois de vieilles cathédrales
Bruissant sous les voix des saints d'un autre manoir,
Et l'on croirait ouïr l'écho triste des râles :
Adieux d'oiseaux mourants jaloux des chants du soir...

Et les feuilles du parc ont l'air de trépassées ;
Elles tremblent aux pleurs d'un ruissel en souci,
Et des coteaux prochains, monte en prière aussi,
La touchante senteur des fenaisons passées...

ÉLÉGIE

AU PAYSAGE FAVORI

A Laurent Tailhade.

Or, dans le vallon propice aux ferveurs du soir,
Frémissant entier, du parfum des fleurs promises,
J'ai dressé, voyageur, mon discret reposoir
A l'heure des clartés frêlement imprécises...
Tout s'était bleuté dans la plaine et dans les bois :
Les rumeurs de la ville, ici, s'étaient éteintes,
Mais du cœur des berceaux les oiselets en voix,
Célébraient la verdure et les étreintes saintes...
Et dans un lent accord de rêve et de sommeil,
Les roseaux de l'étang se balançaient tranquilles,
Heureux — le soir — de ne plus sentir le soleil,
Et d'offrir leur mystère aux cygnes fous des îles...
Seul, aux lointains, le berger gaîment indolent,
Saluait le soir en chantant, caché dans l'ombre,

Et le bûcheron, maître de l'aubier tremblant,
Livrait aux airs les secrets de la forêt sombre...

O vallon, riche de votre magie en fleurs,
Vallon qui dormez sous le surplis des nuitées,
J'ai su votre silence et vos feuilles en pleurs
Et souffrez de savoir mes rimes attristées...
En ce retrait sacré me cachant l'horizon,
Au passant égaré devers le paysage.
Je dirai : « Vois, du Poète c'est la maison ;
« Pour les naufragés, elle tient lieu de rivage !... »

LA ROUTE

A Alfred Vallette.

Les grands frissons du soir ont envahi la plaine,
Et les coteaux si bleutés se sont effacés,
Ne faisant voir qu'une ombre houleuse et noire, et pleine
D'inconnus murmurants et d'échos trépassés !

Et la route des bois, sans arbres entassés,
Comme un long serpent blanc d'une forme incertaine,
Sait les haltes, sans fin, des voyageurs lassés,
Tant son immensité leur apparaît lointaine...

Et la route insensible aux appels des autans,

Longeant de-ci de-là quelque rare maison,
N'a jamais vu sur elle une fleur de printemps !...

Dans la nuit, elle va poursuivant son chemin
Vers l'étendue intense et vers un lendemain
Que l'homme ne reconnait pas pour l'horizon !...

SOLITUDE

A Francis Viélé-Griffin.

En la palpitante pâleur des palmes,
Voici passer les villanelles calmes...
Des chœurs, à peine, chantent sous les herbes :
Chuchotis d'oiseaux pâmés et superbes,
Pleurs de roseaux sur les étangs, là-bas...
Dirait-on pas les échos d'anciens pas
Venant froisser le cœur si lointain des ruines?...
Ah... les bois ont des sanglots de bruine
Et les feuilles sous la brise, en allées,
Cachent les veuves au fond des allées...

AU PARC SI BLEU

A Maurice du Plessys.

Au parc, au parc si bleu caché dans le silence,
La brise de la nuit murmure une pensée
Si musicalement — pour l'amour — cadencée,
Que le saule, très loin, en tremble et se balance...

Sur le banc, Elle dort... comme dort une enfance ;
Et le rêve très doux en son âme lassée,
Fait briller au ciel d'or une Ange, trépassée
D'avoir su les baisers pâles de la souffrance...

Elle dort et confesse un aveu que la nuit

Pensive a recueilli, comme en son cœur, sans bruit :
Les coteaux le diront au lever de l'aurore...

Mais du manoir voisin des accords inconnus
Ont pénétré les bois gentiment ingénus,
Pour la belle amoureuse ensommeillée encore...

L'ALLÉE

A Léon Vanier.

Elle et moi, dans le parc d'automne et vers l'allée
Si seule et silencieuse aux frondaisons d'or
Nous avons passé... C'était très loin le décor
D'intimité douce et d'ombre pâle et troublée...

On eût dit sur le soir une douceur ailée :
La lassitude avant-coureuse de la mort,
Le rappel puéril d'une pensée encor
Autour des longs massifs de forme désolée...

Et nous avons vécu tout notre souvenir,

Les amours de l'enfance, hélas atténuées !
Le premier bonheur qui ne devait pas finir...

Mais que triste l'automne en l'abandon des bois.
Et parmi ses senteurs de fleurs exténuées !...
— Je suis revenu seul, mais... c'était autrefois !...

RÊVERIE

A Albert Samain.

Lorsque le vent du soir fait frémir les lilas,
Lorsque les chants d'oiseaux ne se font plus entendre,
Et que la lune au loin, semble suivre mes pas,
Je m'en vais, calme et seul, sous un bosquet attendre
Que la nuit vienne pour endormir ici-bas...

Bientôt un crêpe noir messager du sommeil,
Arrive lentement endeuiller la contrée :
Tout est paisible et dort, sans souci du réveil,
La nuit et ses secrets font leur discrète entrée,
Pour s'enfuir aussitôt aux rayons du soleil !...

Et je vais m'enfoncer par les chemins des bois,
Dans les ravins cachés où chuchote la mousse

La forêt en silence, et le cerf aux abois,
Tressaillent dans la nuit majestueuse et douce,
Comme s'ils avaient peur de distinguer ma voix...

Mais voici qu'au loin meurt l'aurore aux baisers lents,
La fleur s'épanouit et la clarté s'élève,
Les oiseaux radieux clament tout un printemps,
Et moi, demain, j'irai recommencer mon rêve.
Dans la fraîcheur du soir sous les genêts tremblants!...

LES BOIS EN PRIÈRE

A Louis le Cardonnel.

Seigneur, la nuit s'en vient et fait neiger des ailes...
Seigneur, pour vous vont roucouler les tourterelles,
Et des anges rêvant aux lointains noirs des bois,
Laissent les berceaux verts s'endormir à leur voix...

Au lac tremblant et bleu, Silence se recueille,
Seigneur ! La clairière est à vous en prière,
Vous offrant sa corbeille de nids et de feuilles,
Avec des rayons morts de lune — sans lumière...

S'éclosent à vous les baisers blancs des pervenches,
Les larmes de fontaine osant chanter plus bas,
Pour sentir le velours sacré de vos mains blanches
En la tranquillité des matins délicats...

Seigneur, entendez la cloche du monastère
Au loin des bois!... Son appel meurt devers les cieux,
Bénissez les pêcheurs qui dorment sur la terre,
Et voyez les fleurs se mouiller comme des yeux!...

CLARTÉ...

CLARTÉ

A Mecislas Golberg.

Au seuil noir de la nuit je me suis arrêté :
Les cieux étaient obscurs et les bois remplis d'ombre,
Et le spectre effarant des silences d'été,
Errait devant mes yeux plus charmeur et plus sombre.

Puis j'ai marché longtemps sans souci de mes pas,
Dans les sentiers fanés au hasard des murmures,
Effarouchant les ramiers bleus s'aimant tout bas,
N'ayant pour me guider que des troncs sans ramures...

Et je ne voyais rien, hormis l'Immensité
Qui dormait son sommeil à la face du monde :
Je ne voyais pas même un logis enchanté,
Pour bénir d'un repos ma course vagabonde !..

Alors! j'ai crié mon angoisse dans la nuit,
J'ai crié ma détresse et mon premier naufrage,
J'ai pleuré tout ce qui pour moi s'était enfui :
Le bonheur d'ici-bas et la foi du jeune âge...

Et seul, enlinceulé, contemplant mon destin,
Devant la solitude immense et sans clémence,
Je me suis demandé, dans ma pauvre démence,
Quel chemin je prendrais pour gagner le matin!...

Crespières, automne 1892.

TABLE

ÉVREUX, IMPRIMERIE DE CHARLES HÉRISSEY

27 juillet 12